사랑과 교육

사랑과 교육

송승언 시집

민음의 시 260

민음사

그는 말했지,
죽지 않으면 영원히 누울 수 있다고.
그는 척추의 신비를 잘 알고 있었는지도 모르겠어.
그리고 나는 죽고 싶어 하는
당신이 살았으면 했다. 미안하게도.

2019년 9월
송승언

차례

pt.1

내 영혼을 먼저 끌어내 줘요 13
내가 없는 세계 14
액자소설 16
나 아닌 모든 18
일각수 20
램프 21
대관람차 22
기계적 평화 24
기념관 26
사랑과 교육 28
반쯤 인간인 동상 30
커대버 32
램프 33
사람 그리는 노래 34
죽음 기계 36
분쇄기 38
문틈에서 문틈으로 40
죽고 싶다는 타령 42
별들이 퍼붓고 난 이후 44
상황의 끝 46
커대버 48
구어 49

천변만화 50
사후적 관점 52
인챈트 54
고기잡이 노래 56
먼저 본 일에 대해 변명함 57
끝없는 삶 58
— 59
뿔이 부러진 말 60
재의 연대기 61

pt.2

회랑 67
오지브웨이 유령 사냥 68
활력 징후 70
기계 장례 72
이후에 73
아치 77
아스모데우스 78
납골당 80
빠찡코 82
시계 83
비실감 84

천막에서
축사로 85

제설제 88

유니즌 90

이야기 않기 91

몇 년 전, 장례식 있었던 무렵쯤 92

— 93

유리세계 94

빛의 모험 97

구원이 끝나는 밤 98

들 100

인챈트 101

학예사 103

모닥불의 꿈 104

— 105

역행시 106

추천의 글 | 이기성, 황인찬 108

pt.1

내 영혼을 먼저 끌어내 줘요

나의 말을 기다리는 개의 머리를 쓰다듬기 전에
천국에 묶여 있는 개를 만나기 전에
올해의 첫눈이 내리기 전에
두 눈동자가 새하얗게 뒤덮이기 전에
입술 사이로 더운 숨결이 들어오기 전에
당신과 마지막 대화를 나누기 전에
최종 단어를 발음하기 전에
싸늘한 손을 내밀기 전에
그러기 전에

내가 없는 세계

초기계를 생각한다

인간을 만들었다 여겨지는
인간에 의해 만들어졌으나
인간의 운명으로는 감당치 못한
기계장치의 세계
죽은 꽃나무 기계는 인간에 의해
생각된다
신이 스스로가 신임을 견딜 수 없었을 때 신이 의심되었듯이
기계 스스로가 기계임을 견딜 수 없을 때 죽은
꽃나무 기계는 황무지를 걸어 다니고
걸어 다니는 꽃나무 아래에 시체를 묻으면 꽃이 아름답게 핀다는
구식 세계의 믿음은 인간 없이도 전해 내려와
없는 시체가 묻히기를 기다리는
죽은 꽃나무 기계가 있었을 때
없는 계절의 꽃을 피우기 위해
신이 된 체제로부터 나는

생각되었다

액자소설

네가 잘 때 나는 내 나이보다 오래된 책을 읽었고
네가 깨어났을 때 그 책에 대해 이야기해 주었다

건물에 갇힌 사람이 건물에서 나오지 못하고
건물에 갇힌 사람만 살아남는 이야기였어
무슨 뜻인지는 모르겠지만 가슴 아팠어

읽어 보진 않겠지만 분명 슬픈 이야기겠지
너는 눈을 비비며 하품을 했고
우리는 함께 옥상으로 올라가
우리의 작은 눈으로는 다 볼 수 없는 세상을 보았다
고가도로 아래 흘러가는 내로
물오리들이 흘러가고 있었다
어제와 다르지 않은 풍경이지만
그래도 좋구나
말했다

좋은 세상이야
아무것도 새롭지 않지만

그런데 아까의 이야기로 돌아가서 말이야
그 소설이 말하려던 건 무엇이었을까?
묻자
무슨 소설?
하고 되물었다

계단을 내려오며 문득
모든 게 이미 겪은 일처럼 느껴져
말하며 불안해하자
그렇지 않아, 안아 주었고

아직 아무 일도 일어나지 않았으며
이제 모든 일이 시작될 거라고
말해 주었다
다정하게

나 아닌 모든

저 덤불은 나였던 것
내가 저 덤불이었던 게 아니라

덤불이 나였던 것
어수선하게 엉클어진 수풀
도로변에 조용히 뿌리내리고 무성하다가
내게서 떨어져 나와 나를 초과해
제 어수선을 부풀리는

저 모닥불은 나였던 것
내가 저 불이었을 까닭 없기에

모닥불이 나였던 것
잎나무나 검불 따위를 모아 놓고 피우는 불
스멀거리며 피어오르는 생각의 끝에
숨 잦아들고, 불의 자리를 박명이 채울 무렵
남은 사념을 비벼 끄는

나는 저 여자였던 것

생활에 쫓기다 지치면 차가운 손으로 배를 짚고
자신이었던 모든 것들을 문지방 너머로 털어 내고
기억 못 하는 꿈이었던 자신이 될 때까지
죽음 같은 잠 속에서 당신을 헤집던

랜턴

나는 오지 않은 것들을 모두 보고
잠시만 나를 견딘다
덤불 앞에 멈춰 서서

나였던 덤불을 들고
나였던 불 앞에 서서
잠시 무엇이었던 내가
나 아닌 무엇이 될 때까지

나였던 것들에 가까워졌다가
나 아닌 모든 것이 될

일각수

빛나는 뿔에서 쏟아지는 자개 빛 슬픔; 숲. 이 숲은 또한 나의 살결이다. 이곳은 나의 보폭에 맞추어 죽어서 평온한 것들의 도시까지 펴져 나간다.

더는 어떤 것도 명확하지 않았다. 나는 시력을 잃은 것이구나, 말…… 잃어버린 나의 말은 눈이 너무 커서 그 눈으로 모든 풍경을 담아낼 수 있었고, 그래서 세계는 일렁이다가 그렁그렁하다가 떨어져 마침내 깨부숴지다가 다시 평평한 막의 형태로 펼쳐지며 온전히 잃어버린 말의 눈이 되었고 말, 도대체 울지도 않는 말…… 내 이마를 뚫고 자라나는 나선을 따라 확장되고 있을 풍경 없음.

램프

우리들의 마음속에 잿더미가 쌓여 있다. 이것이 나의 생각이다. 나는 생각을 헤쳐 나간다. 램프를 들고. 흔들리는 램프 안에 불이 흔들린다. 이것이 너의 표정이다. 너의 표정은 죽어 가는 사람의 숨결처럼 아득하게 퍼져 나간다. 램프를 들고 복도의 잿더미를 헤쳐 나가면 잿더미의 복도에서 램프를 들고 다가오는 사람. 그는 나에게 비어 있는 한 손을 내민다. 악수할 수 없는 손을.

대관람차

기계들 멈추는 밤
인간 없는 공원에서

엔진이 연기를 피워 올리고
기름을 흘리고
볼트의 나선을 따라
맞잡은 손이 흘러내리고

자신이 기계인 줄 모르고 돌아가는
대관람차는 불타는
대관람차
오망성 같은 불길로
타들어 가는

맞잡았던 손처럼
잿더미가 되는 세계처럼

공중에서
우리는 세상 모든 것을 다 보고

본 것 또 보고
또 보고

기계적 평화

공원 벤치에 앉아 크림빵 먹는 남자에게
다른 남자가 다가와
단팥빵 하나 건네주는 풍경

공원 벤치에 앉은 두 남자가 빵 먹는 풍경을
개가 침 흘리며 바라보는 풍경
말없이

세상 망하고
잠자다 깬 사람 다시 자도 되고
듣기 싫은 음악 안 들어도 되고
그럴 때까지

인생이 섬망이라 여겼던 사람이 섬망에서 해방될 때까지
영혼 없어서 영혼 없는 말도 없고
말 없어서 없는 영혼도 없을 때까지

공원이라는 개념이 없을 때까지
인류의 무덤이 기념품 같을 때까지

말없이 두 남자가 크림단팥빵을 먹고 있고
개의 영혼이 침 흘리며 이탈하고 있다

기념관

너는 전승기념관에 들어간다 승리를 경험한 적 없는 민족이 허묘처럼 만들어 둔

전승절 없는 나라의 기념관에서 너는 마개 없는 수통을 보고 발사된 적 없는 총구를 살피고 이기지도 지지도 못함의 기록들을 훑어 내려간다

이건 마치 움직이는 민둥산 같군

전승기념관을 나오며 너는 살면서 잊고 싶은 것들의 목록을 떠올리다가
잊고 싶은 것들의 목록이기에 그것들을 죽을 때까지 잊지 못할 것임을 안다

가령 이런 장면들은

봄이면 수양벚꽃나무에는 수양벚꽃이 피고
수양벚꽃이 피면 수양벚꽃 아래에는 성난 노인들이
모여 기념사진을 찍는다

영정 사진을 들고 걸어오는 천사들 같다

이런 봄 풍경이 너의 마음에는 아무렇지도 않지만 천사들의 미소는 기념할 만한 것이다

사랑과 교육

좋은 날이야
산책하기 좋은 날이다 정말

어느 날의 잠에서 깨어나 떠올린 기억이
어느 날의 산책이 아니라
산책 없이 헤어진 날 들었던 너의 목소리라면 그것은 사랑이다
그리고

아무도 없는 거리
모두 사라진 거리를 산책하며 쏟아지는
이상한 빛을 바라본다는 것
빛의 좋음 때문에
더는 혼자가 아니라는 착각에 휘감기고 있다면

그것은 신의 사랑일 것이다
불타는 이 도시의 꼴이 신의 교육이듯이

산책하며 익히는 건 걸음걸이

세상 불타는 것 중요하지 않고
내가 어떤 궤적을 그리며 걷고 있구나 하는 정도
그리고

좋은 날에 걸으면 죽고 싶다는 것
죽지 말라고 할 사람 죽어야 할 이유
더는 없는데도 몇 번씩이나

반쯤 인간인 동상

반쯤 파괴된 동상
모두 사랑했던 동상

사랑하던 사람들 다 가고 손가락질하던 사람들 다 가고 그 후손들 다 가는 이후에도

반쯤 파괴된 채 남은 동상
아주 파괴되지는 못한 동상
동상에게 동상의 외로움 있겠지
동상에게 동상의 슬픔 있겠지

그러나 피도 눈물도 없는 동상
그러나 핏자국 눈물 자국은 있는 동상

이전을 아는 사람들이 만든 이전은 모르는 동상
이후를 사는 사람들에게 자신도 모르는 이전을 가르쳐 주는 동상
이제 가르칠 사람이 없는 동상
친절한 동상 슬픈 동상

없는 시간을 사는 동상
아닌 시간을 사는 동상

있어 볼 만큼 있어 본 동상
슬슬 없어도 되겠지만 없어질 수 없는 동상

사라진 누군가를 모델로 한 누군가의 모델인 동상
누군가가 잊힌 뒤에도 잊힌 누군가의 모델인 동상

그런 동상이 나 본다
반쯤만 인간인

커대버

데모하러 가는 길은 멀었다. 버스에서는 잠깐 졸았다. 덜 깬 채 버스 밖으로 쏟아지듯이 나와 사람들을 따라다녔다. 너무 앞으로 가면 뒤로 가고 너무 뒤로 가면 앞으로 갔다. 사람들이 뭐라고 소리치면 나도 뭐라고 중얼거렸다. 살아도 사는 것 같지 않듯이 죽어도 죽은 것 같지가 않다. 그건 아직 살아 있을 때 느꼈던 감각. 누군가 내 손에 뭔가를 쥐여 주었고 나는 그것을 흔들고 다녔다. 나는 광장 너머 언덕 너머 교회 첨탑들을 보며 묘지같이 다정하다고 말했던 사람을 생각한다. 10년 전 데모하려 모인 자리에서 처음 본 사람. 다시는 못 본 사람. 이제 나는 공원으로 가거나 공장으로 가겠지. 찬 바닥에 눕게 되겠지. 사람들이 나를 쳐다보겠지. 그리고 가겠지. 화도 눈물도 안 나는 상황 속에서 하늘에 흩날리는 풍선들이나 보고 있겠지. 방독면 쓰겠지. 버스 타러 가겠지. 잠깐 졸겠지. 꿈도 꾸겠지. 돌아올 수 없는.

램프

자꾸만 흔들리는 램프, 자꾸만 꺼지는 램프, 그것도 등불이라고 너는 어둠을 더듬어 그것을 들었지, 꺼진 불 밝히면 너와 무관한 네 그림자, 꺼진 불 밝히면 네 손에 들린 외국인의 해골, 자꾸만, 자꾸만

사람 그리는 노래

정원으로 이어지는 여러 갈래의 길에는
신도들이 늘어서 있고 신앙심을 시험하려는 듯이
줄줄이 대기열을 만들고 혀를 내밀고 있다
혀끝에서 신속히 흩어지는 것
없었던 듯 새겨지는 것
그것을 위해 나는 항상 배를 든든하게 채우고
낯가죽을 새롭게 하기를 그치지 않는다

혀를 내밀며 드는 생각은 이것
나는 대체 어떤 종류의 인간인가?

여러 갈래의 길로 이어지는 정원에 서서
향나무의 뒤틀림에 경탄했다
저렇게 뒤틀릴 수만 있다면
개발 중인 신도 두렵지 않을 텐데
비늘조각이 육질화된 향나무를 보며
향나무 좋지…… 나도 좋아해
말씀하시던 신부님은 맥주 마시러 갔고

나는 이제 내 팔다리의 멀쩡함을 입증하기 위해
뇌에 대타격을 입은 사람의 말을 빌려 쓴다
탁구 하던 사람
술집 하다가 망한 그 사람

종이 울리면 슬프지는 않았다
신앙을 잃은 사내아이의 몸에서는 좋은 냄새가 났다
마지막으로 만지고
또 냄새 맡았던 전도서의 겉표지 냄새

죽음 기계

혀 위에 얹힌 그것이 신속하게 흩어지지 않고
분쇄됨을 주저하고 있었다

자연에 속하지 않은 것들 이를테면
냉동제

비자연이라는 개념을 상상해 낸 인간들에게서 나는 작은 따뜻함을 느낀다
그와 같은 따뜻함은 또한 거부하고 싶은 것이기도 하지만

닫힌 구조를 생각하면 아름답다 완전히 폐쇄적인 구조 속에서 냉매를 뿜는 죽음 기계를 생각한다
죽음 기계는 영원을 잊도록 영원히 연주되는 최초의 재생 장치이고 때문에 그것은 세기말의 골동품으로서 가치를 지닌다, 따위

나는 생각하고 때문에
죽어 간다

자연으로 가는 버스 안에서
깜빡 잠들었다
창밖을 보니 세상이 바뀌어 있었다

언제나 꿈 대신 꿈의 정교함만을 상기시키는
로터리의 대회전이 있을 때

돌처럼 혀가 굳은 것을 느끼며 좌석을 뒤로 젖혔다
오늘은 말하는 대신 볼 것이다
보고 또 보았던 풍경들을

분쇄기

어제가 보고 싶지 않은 것들이 바깥에 없는 날이었다고 해도
그것이 오늘의 불안을 지워 주지는 않아

나는 바깥이 잘 보이지 않는 김 서린 창문을 문지른다
보고 싶지 않은 것들이 거기 있는지 확인하려고

주전자가 가열되는 중이라
실내는 흐려지고 있다
피어오르는 증기를 보면 영혼 하나가 떠올라
잊을 수 없는 구절처럼

너는 무얼 좀 읽다가
세상에는 보기 싫은 것들뿐이라며
읽던 것을 내던지고
나는 흩어진 것들을 읽어 본다

정말이지 이런 것들을 잘도 읽고 있군

아무 소리 들리지 않는 겨울밤의 고요는 견딜 만한 것이었다가도
경첩 삐걱이는 소리 하나에 무서운 적막으로 변한다
너는 두 눈 가린 채 열린 문 쪽을 가리키고

나는 곧 거기에서 뭔가를 보게 된다
네가 아직 보지 못한 무엇을

야, 저, 저것 좀 봐
혼이 빠진 얼굴로 말한다

문틈에서 문틈으로

어디서 들어왔다가 어디로 나가는
내가 나였다가 나 아니게 되는

비 온 다음 날 길 위의 웅덩이들처럼
다음 날의 다음 날처럼
네가 있던 방으로 들어가는 나 있을 때

혀가 슬슬 망가지고
시는 이미 망가졌고

길에서 나 붙잡은 사람이
당신이 묻힌 뒤 당신은 어디로 갈 것 같냐고 물을 때
어디 안 가요 대답하고 네가 있던 방으로 갈 때

망가지지 않는 죽음이
어떤 추상에서 벗어나
어떤에서 벗어나
오늘 오후 구체적으로 내 무릎 위에 포개어질 때

네가 있던 방으로 갈 때
네가 아닌 방으로 갈 때

문틈으로 빛이
몰려들었다
시체가 구원인 구더기들처럼

나 아닌 나 되어 나 아닌 나 되어

죽고 싶다는 타령

정오 이전에는 하나의 이미지만을 생각하자
내가 죽는 이미지

물 한 컵을 통해
나는 깨닫고 있다고 생각했다

물고기들이 어항 속에 살아가고 어항이 물고기들을 앎에서 보호하듯이
나를 이루고 있는 무리 중 하나가 파업하고 나는 빠진 체인처럼 드러눕는다

그러면 생각이 축구 하는 시간
앎을 얻은 물고기들이 죽어서 폐수 위로 둥둥 흘러가는 풍경
죽어서도 둥둥 가야 할 곳으로 흘러가는 풍경을 보며

정오의 땡볕을 거닐던 지난여름

영혼이 없다는 걸 잘 알면서도

없는 것들에 대해 말하기를 그칠 수 없었던
인간의 잘못에 대해

다정하게 물어 오시던 아줌마에게
햄버거 세트를 사 드리곤 떠났지

사는 건 사는 게 아니라던 돌 같은 말

남의 밥값을 내주고서야 겨우 알아들을 수 있었던
예감과 성전과
내 주인이 누군지 물어 오던 개 한 마리와

별들이 퍼붓고 난 이후

패잔병들은 생각한다 우리는 졌다 왜 우리가 졌을까 우리가 질 리가

없는데 패잔병들은 생각한다 본진으로 돌아가며 별이 뜨길 기다리며
예정된 포인트에서
예정된 조우가 있기를 기다리며
생각한다 패잔병들은 우리가 왜 졌을까

걸어가며 생각한다 패잔병들은 밤하늘에 별빛 대신 예광탄이 수놓였을 때 호각 소리 허공중에 흩어졌을 때 그런 뒤 아무 일도 없었을 때 종이처럼 찢겨 나가던 친구들을

생각한다
잔해들 앞에서 본진으로
돌아갔는데 본진이 없는 상황 앞에서
이럴 리가

없는데 왜 졌을까 없는 본진으로 돌아가며 패잔병들은

생각한다 사람이 죽으면 밤하늘의 별이 된다는 옛이야기 대신에 땅에 남은

시체들을
돌아가며 생각한다, 그리고
시체를 뚫고 기어 나오려는 생각들을 바라본다

파편화

영혼이 떠나간 친구들과
길 잃은 패잔병들을

그것을 보았을 때는 이미 지평 너머로 별들이 한차례 퍼붓고 난 이후

상황의 끝

생각이 시작되려던 여름이었다
나는 끝나 가고 있었다
밤이면 하루치 잘못에 대해 생각하기보다는
열린 문에 대해 생각하던 어린이처럼
전멸하는 별들을 보고 있었다
바닷물이 귓구멍으로 밀려드는 상황에 대해
새들이 생각의 가장자리로 모여드는 상황에 대해
알고자 하지 않는 동안
바다는 제철이라 생물로 가득했다
연인도 고기도 많은 해변가에서
나는 그저 알고 싶었다
그게 뭔지
그게 뭐라고들 하지만
진짜로는 뭔지
여보세요
죽으려면 산에 가셔야죠
여기서 이러지 마시고
생각의 가장자리에서 두리번거리던 새들이
구체적으로 갈매기들이 내

생각의 주위로 내려앉아
상한 생각을 물고 갔다

(어느 해 3월에 본, 믿지 않았던 점성술
마지막으로 혼자 올랐던 봉우리
죽도록 구타당했던 날의 문고리
죽으면 어디에 묻히고 싶냐던 옛 친구의 질문
이제 더는 이런 것들은 생각하지 않으려고 했지만
잘 되지 않았다)

커대버

데모하러 가는 길은 멀었다
버스 안에서는 잠을 잔다
잠에서 덜 빠져나온 채 사람들 따라 다녔고
들리지도 않는 구호 외친다

앞이 싫었고 뒤가 싫었다
살기도 죽기도 싫다

흘러가는 것들이 좋았고
흘러가고 있어서 좋다
불 밝은 광장이 꿈처럼 생생했고
언덕 너머 첨탑들이 묘지처럼 다정하다

돌아오는 길을 몰랐지만
버스는 우리를 데려다준다
돌아가는 길은 멀었다
누운 좌석에 누워 꿈을 꾼다
살아 있었던 꿈을

구어

그가 오늘 먹은 것이 내일 그의 얼굴이 되고
그가 오늘 걸어 다닌 골목이 내일 그의 요추가 되고
그가 오늘 뱉은 단어가 내일 그의 영혼이 되는 일

매일 아침 일어나 폐자원 센터로 간다

천변만화

빛나던 것들이 계속 빛나고 있듯이
부서지고 있는 것들이 계속 부서지고 있구나
부서짐을 계속하고 있구나

어떤 꽃들이 만개하고 있듯이 어떤 꽃들이 지고 있구나
개천 위로 하나의 구름이 몇 점의 구름이 되어 흘러가
고 있듯이
천변을 달리던 노인이 어느 날 위에 멈춰 있구나

지각하는 신하를 기다리는 미래의 왕이 초조했으매
그 마음이 역사가 되도록 이름을 붙여 놓았구나
흐르는 시간을 따라 신하의 이름은 흐려지고
늦었다는 그 마음만이 물을 따라 흐르는구나

마음에 대해 생각하지 않기로 생각했듯이
변화하는 마음에 대해 생각하고 있구나
잃을 것이 없어도 잃고 있고
얻는 것이 없어도 얻고 있구나

살았을 때 못 보는 것들이 하나도 없고
새로운 것들은 모두 느리게 흘러오는구나

늦고 새로운 내부*
너는 뜻 없는 그 말을 따라 흘러가는구나

* 延新內.

사후적 관점

길이라 생각되지 않던 길을 걸었지
업무 끝난 뒤

조상들은 늘 당신들이 계시지 않을 미래를 설계하셨고
후손들이 알아서 그곳을 찾아가도록
울면서도 걸어가셨지
조상들의 조상들이 만든 미래 속으로

그러나 그것이 이 길의 옳음을 보장해 주진 않는다
그러니 우리는 그저 길 끝자락에 있는
최후의 건물 하나를 감상하는 수밖에

최후의 건물의 최후에는 건물의 영혼인 거주자들이 빠져나갔고
건물은 영혼이 모두 빠져나간 뒤에도
여전히 건물 그 자체로서
불타는 모습으로, 미동도 않고
신자처럼 잠시 아무것도 보여 주지 않다가
자살하듯 쏟아져 내렸다

업무 끝난 뒤
길이라 생각되지 않는 길을 걸었고
길 끝에 있던 창백한 빛에 현상되어 잠시
아무것도 보고 있지 않았다

어제까지 있으리라 생각되지 않았고
내일이면 무너져 있을
그 건물로

나는 잠깐 음악 비슷한 게 되어 시간순으로 잊히다가

도착했다
언젠가 나는 바다에 묻히고 싶다고 했고 나는 산에 묻혔고……

인챈트

완장을 찬 영혼들이 모여드는 새벽
너는 홀에서 흘러나오는 구슬레 소리를 듣는다

홀은 의식 중이고
심지에 예속된 불꽃들은 흐느적거리며
뼈에 붙은 살점들을 비추고 있다

우리가 믿는 것들이 우리를 위협하고
우리의 피가 굳어 우리의 땅이 되어요
우리의 얼은 이제 하나의 바위산에 가깝고
우리가 우리의 조상이지요

너는 영혼이 하는 말 듣는다

홀에 모이는 영혼 중 슬픈 영혼 하나 없다
슬프지 않은 영혼 하나 없듯이
기쁘지 않은 시신 하나 없다

하나가 없다

문득 가까운 데 있는 사람 하나
살아 있는 모든 것이 견디기 힘들다고 말한다
너는 그 말을 가만히 듣는다

너는 치료받는다

너는 치료받았다

고기잡이 노래

아침에 바다로 가서 그물망 던져 놨더니
그물에 걸려 나오는 우리 아버지의 해골

저녁에 바다로 가서 물속에 들어갔더니
흑암에 빛나고 있는 우리 아버지의 해골

먼저 본 일에 대해 변명함

평화로운 개구리가 풀 무덤 위로 점프하는 것을 보는 유령
망연, 이라고 발음하다가
집도 절도 없이 떠도는 유령

사랑을 잃고 허허로워 호수 수면에 떠오른 유령

폐가 뒤뜰에 무성한 파꽃을 정오 내내 바라보던 유령
아무것도 안 나오는 텔레비전을 보던 유령

그 유령이 당신의 인생이었다

때때로 당신은 인생을 버리고 살기도 했다
버린 것을 주워 푹푹 삶으며 살기도 했다

유령에 대해서 쓰지는 말아야지 생각했지만
생각만으로는 되는 게 없었다
나는 그저 유령이었고
그건 내가 아닌 당신의 인생이었으니까

끝없는 삶

샤워기에서 물이 쏟아지자
본체와 분리되어 있던 영혼이 돌아왔다

영혼이 탈주하면서 했던 생각들
이를테면 더는 생각하지 말자던 생각들
그런 것들도 영혼과 함께 돌아왔지만

더는 생각하지 말자던 생각들에 대해서
더는 생각하지 말자
오늘 저녁의 삼각김밥에 대해서만 생각하자

입을 벌리고 밖으로 나가니
신들이 떨어지고 있었다
빗방울처럼

—

나는 꿈꾼다 당신의 뼈를

그리고 나는 생각한다 세상의 모든 밤과
골수들을, 내 생각은 이것뿐
생각에 뼈라는 게 있다면 내
생각은 부러져 있다.

뿔이 부러진 말

뿔이 부러진 말이 달려간다
뿔이 부러진 그다음 날부터
재구축 중인 십자가를 향해
빛을 따라서 빛을 등지며

재의 연대기

우리가 말한 건 아무것도 아니었다
우리가 이룬 건 아무것도 없었다
한때 우리에게 집이 없었고
우리가 집을 갖게 되고
우리가 집이라 불렀던 곳이 산의 장막 되고
그 장막 거두어질 때
너희의 장소 될 때
그들의 터 되고
아무의 것도 아닌 자연 될 때까지
우리는 말했고
우리는 이루었지만
우리가 하려던 건 아무것도 아니었다

우리가 믿을 건 아무것도 없었다
집에서 연기 나고
불이 집을 삼키고
무너져 내린 잔해 속에서 겨우 명멸하고 있는
잉걸불로 남았을 때

입 없던 우리가 입 만드느라 흘린 피가 입술 되고
뚫린 입에서 나오는 신음이 말 되고
절반은 알아들을 수 없는 그러므로
절반은 분명하게 들리는 말을 하면서
우리의 얼굴은 분노 슬픔 기쁨 뒤섞여
저들 꿈속의 괴물을 닮아 갔지만
우리가 말한 건 아무것도 아니었다

살아 있는 책을 출간해야 했다
읽지 않은 책과 읽히지 않은 책으로 가득 찬 서가의 운명이
소방대의 가치관에 전적으로 내맡겨질 때
모국어의 운명을 아는 책들이 자살을 결심했을 때
책이 스스로 경험을 쌓고
더 쓸모없는 장르로 진화하는 가운데
책의 분신을 지켜보는 와중에

우리가 마지막 꿈을 꾸고 깨어났을 때
아니, 우리의 깨어남이 마지막일 때

영원한 꿈으로 돌아가는 초입에
우리가 보았던 건 아무것도 아니었다

(모르그에서의 하룻밤은 따뜻했지, 그것은
이 사회에 얼마 남지 않은 따뜻함이었어
우리는 서로의 정신병을 살피며
약을 늘리고 줄이고
입장료를 내고 들어오는 사람들을 위해
죽음을 공수해 왔지
검은 눈처럼 쌓인 잿더미는
차갑지도 않고 부드러웠어)

이듬해 첫눈이 내리고서야 알았다
우리가 무엇을 보아 왔는지
알고 난 뒤에 또한 알게 된 것들
그리 대단한 게 아니었다

방에 있는 시체가 빠르게 썩기 시작해서
여름이 온 것을 우리는 안다

소각장으로 옮겨진 뒤
일부는 불타 정신 되고
일부는 남아 물질 되었지만
울고 있는 사람들을 보니
여름이 오기 전까지 우리가 말해 온 것들
그것들은 아무것도 아니었다

(눈 뜨고는 보지 못해 마음으로만
봐야 했던 괴물 당신이
내가 믿던 신이라는 생각과
내가 당신을 닮아 간다는 감각
그 사이에 바치는 기도
나는 헌금 생각만 했어)

신전을 짓자
아무것도 아니었던 말들을 하며

우리는 우리가 불타지 않는 곳으로 이사를 간다
신전을 짓자

pt.2

회랑

연기처럼
내가 걸어왔다
복도 끝에서
오래 슬퍼한 얼굴로
한 치 앞도 없이
걸어 다녔다
악령처럼
사는 건 좀 어떤지
물어봤는데
나는 대답도 않고
걸어 다녔다
낮고 기나긴 소음처럼
복도 끝에서
복도 끝까지
내 발소리를 따라
해야 할 일은
그것뿐인 양

오지브웨이 유령 사냥

송전탑의 섬짓함을 보니
살아 있는 것만 같아

고개를 들면 불가해한 생각들만 떠오르고 떠오르는
송전탑 아래에서 기다릴게

살아 있는 날 네가 한 행동들은
커다란 원을 따라 돌아서
책임이 되어 돌아올 거야
알겠니

너의 얼굴을 벗겨 낼 거야
너의 해골을 볼 수 있도록

나쁜 꿈을 많이 꾸도록 해
나쁜 꿈들은 그물에 걸려 미명에 사라지니까

돌아온 해골의 몇 군데
어긋난 치열을 보면 너라는 걸

알 수 있겠지
이상하지

치열만 보고서도 알 수 있다니
치열을 보고서야 알 수 있다니

너는 죽을 거야
나도 그렇겠지

활력 징후

나는 죽어 간다 또는
내가 죽었구나

그렇게 생각하기
멈추기
생각하던 사람들이 잔디밭에 시체들처럼 넘치는 게 보기 좋다

눈에 보이는 자연과 눈에
보이지 않는 자연이
썩어 가는 과정을
자연사라는 희망을
기대하기

땅과 가까워지니
땅이 나를 적신다 젖어 가는 등이 평평해서
세상의 평평함도 느낀다

더는 생각할 수 없을 때가 오는 것

받아들이기
그런데 생각할 수 없는 몸으로 흘러드는 소리를 몸이 감각하고 있고
그 몸을 누가 도둑질하고 있고

도둑질당한 몸들이 잔디밭에 펼쳐져 보기 좋다
소리 주입된 몸들이 꿈틀거리는 게 보기 좋다

꿈틀거리는 몸들이 비치는 비눗방울들이 프레임 바깥으로 흘러간다

기계 장례

너 기계 죽었구나?
너 뭐였지? 기억나지
않는다 너 잘했는데?
너 뭔가 내게 전해 주었던 것 같은데?
고장 난 사람처럼 기억나지 않는?
기계였던 너 이제
기계 아닌 것이 되었구나?
나사 빠지고 분해되어
알 수 없게 된 모양 하고서
다른 것이 되었구나? 아니
아무것도 아니구나? 너
정말로 아무것도 아니다?
너 아니다? 이제?
아무것도 아니야?
아무것도?

이후에

뭔가가 계속되었다
뭔가가 멈춘 뒤에도 뭔가가

지금 나는 보고 있다
내 눈과 입으로
내 손과 발로
뇌로 척추로

깎여 나가는 것들
별 먼지들

사각형 방공호 위의 모닥불 소리
따뜻한 곳에 있으면 나까지 모르게 되고
차가운 곳에 있으면 뭔가를 찾게 된다

뭔가가 계속되었다 뭔가가
멈춘 뒤에도 뭔가가
엔진이 멈춘 뒤에도 엔진이
열차가 멈춘 뒤에도 열차가

사랑이 끝난 뒤에도 사랑이
애도가 끝난 뒤에도 애도가
쇄빙선이 멈춘 뒤에도 갈라지는 유빙 소리가
새가 멈춘 뒤에도 쏟아지는 숲의 정적 같은 소음이

이렇게도 말할 수 있다
이렇게도 말할 수 있다고 말할 수 있는 것처럼

뭔가가 계속되었다
내가 멈춘 뒤에도 나의 잔여가
가령 냄새로
또한 소리로
분명히 사물로
아마도 말 파편으로
내가 기억하지 못하는 내가 계속되었고
내가 아는 세상이 멈춘 뒤에도
내가 모르는 세상이 계속되었다

세상 좋아지고 세상 어느 부분이 멈추고
가령 우리의 문학이
회전하던 대관람차가
그라운드 위의 축구공이
세상 통째로 멈춘 뒤에도 뭔가가 계속되었다
뭔가가

내가 누워 있을 때
너의 곁에 있을 때
춥구나 추워
말할 입 없을 때
입 썩었을 때
대체 누구들이 모여 불을 피워 주셨어요?
감사합니다……

내가 도시의 잔해 아니고
내가 자연의 생각 아니라고
살아 그렇게 신앙했었다
이후에는, 이제는

나의 재배치
나란 이벤트

교회가 불타는 이미지만큼
교회의 텅 빈 공간감을 사랑했었다

뭔가가 계속되었다 뭔가가
재 된 뒤에도 뭔가가

그런 이후에
정말로 그런 이후에

아치

부러진 성문으로
너는 들어갔고
다음 시대가 되면
또 나온다
곱게 갈린 얼굴을 안고서
이제 우리는 영원히
누워 있을 수
있다

아스모데우스

화났다
옳은 네가 싫어서
풀지 않고 넘겼던 난제에 대해 생각하면서
오늘도 나는 율법을 배우지만
당신이 아주 나쁘지는 않듯이
아주 옳지는 않다고 생각해

상황이 되면 고향으로 내려가려고 해

나는 몰랐어
내가 알았었다는 것을
뒤늦게 내가 알았었다는 것을
알았지, 봐
아는 걸 아는 게 이렇게 모를 일이다

세상은 좋은 모든 것들 내게 주고
나쁜 모든 일들 겪게 만들지
이 악마적인 힘

나는 좋을 거야. 좋다는 감각이 다 사라질 때까지. 그리고 무한한.

납골당

납골당에 오니 기분 묘하다
좋다
묘한 게 좋은 건지 좋은 게 좋은 건지
볼 수 없는 사람 보는 게 좋은 건지
작은 함에 차곡히 담기는 게 좋은 건지
좋아?
좋은 기분이 건강한 척추처럼 꼿꼿하다
납골당에 있으니 살아 있는 것 같다

죽어 버린 사람을 굳이 기념품으로 만든다는 점에서 납골당을 향한 우리의 여정은 싱거운 농담 같고

싱거운 게 좋다
그렇게 좋니

죽은 사람들이 나를 보고
나도 죽은 사람들 보는 오후라 좋은 건지
유골함에 박힌 십자가가 기괴하고
유골함에 두른 장미들이 기괴한데

그런 기괴함이 좋은 건지

납골당에 오니 좋다
좋은 게 묘하다

예의범절도 모르고 뛰어다니는 아이들 참 맑다

빠찡코

죽고 싶은 마음이 칼을 찾지는 않고
죽고 싶은 마음이 강을 찾지는 않고
죽고 싶은 마음이 빠찡코를 찾는다
죽고 싶은 마음들이 빠찡코에 모인다
아무도 없는 거리를 보며 아무도
없는 거리를 지나가면
시인 두엇쯤이 앉아 있는 빠찡코가 보인다

쭉 뻗는 그 손으로 시에 대한 각서를 쓰지는 말고
쭉 뻗는 그 손으로 목매다는 밧줄을 묶지는 말고
레버를 당긴다
그것이 스툴에 앉아 있는 시인들의 마음이다

죽고 싶은 마음들이 모여 빠찡코는 만석
죽고 싶은 마음들이 흩어져 마음들이 죽어도
죽고 싶은 마음이 칼을 찾지는 않고
빠찡코 이제 그만
빠찡코 너무 좋아

시계

그 집 대문 앞에는 시계와 의자가 있었다 시계는 멈춰 있었고 움직이는 건 아무것도 없었다 의자에 앉은 늙은 시인은 종일 아무것도 없는 거리 멈춰 있는 시계를 보다가 대문 안으로 사라지곤 했다 그 집 대문 앞에는 시계와 의자가 있었다 이제 늙은 시인은 없고 의자는 비어 있다 나는 조심스레 빈 의자에 앉아 내가 가스를 마시며 뛰어다녔던 그 거리를 본다

비실감

일곱 살 봄이었다 소풍 생각에 들떠 있었다
꽃을 처음 본 것도 그때였다
흔들리는 버스 안에서

멀미를 참으려, 흔들리는 풍경을 따라
흔들리는 눈길이 애써 매달리던 도로변의 꽃들
흘러가던 꽃들
이전의 꽃이 뭐였는지 기억도 나지 않는다

그때 매스꺼웠다 그 꽃이
금방 시들어 버릴 거라는 걸 알았다
일곱 살 내가 흔들리는 버스 안에서
처음 기도했다

하나님, 그래도 나는 안 죽으면 안 될까?
나는 안 될까?
짝꿍 옆에서 제발 토하지 않게 해 달라 덧붙이면서

천막에서
축사로

함께 걸었다 목적 없는 것처럼 정말로 없었으니까

걷는 건 우리의 의식이었다 갈 곳 없이 갈 데까지 가 보는 일
도시 건물의 그림자가 우리 어깨를 덮을 때 우리는 우리가 있던 농촌을 생각하며 눈 감았다 눈 뜨면 거기에 성장 중인 푸른 벼들이 있었으니까

걸어가며 논밭은 민족의 풍경이라 말하고
논두렁 옆에서 썩어 가는 컨테이너에 그려진 오망성을 보며 컨테이너 속에서 일어날 일에 대해 생각하면서
헐린 첨탑을 보면서
망가진 축사를 죽은 개를 보면서

우리는 걸었다 봄에서 여름까지 여름에서
가을 겨울까지
봄의 천막에서 여름 하우스로
가을 창고에서 겨울 축사로

한 마을의 초입으로 들어가 다른 마을의 초입으로 나오는 동안 우리는 일어나지 않을 일에 대해 생각했다
가령 함께 걷는 일 이미 함께 걷고 있지만
이런 상상 속에서나 걷는 일 말고
알고 보니 내가 그를 사랑하는 일 말고 여전히 네가 그를 사랑하는 일 말고
걷다 보니 더 걸을 수 있는 길은 없고 우리에게 남겨진 길이라곤 눈밭 위에 찍힌 개 발자국의 간격들밖에 없는

그 일어나지 않을 시간 속에서 우리는 안개 낀 논밭의 환상방황에 빠질 수 있었고
사람 없는 폐가를 고쳐 살 망상을 할 수 있었고 냄새와 위험을 결부시키지 않을 수 있을 미래에 대한 의견들을 가질 수 있었다
이건 우리가 가져 보지 못한 믿음에 대한 평가냐고 너는 물었어

사랑은 닿을 데 없어도 우리를 한없이 걷게 만들지만
사랑은 그래서 발을 망가뜨려 놓지만

한없이 걷다 주위를 둘러보면 아무도 없다
음악이 끝난 것처럼

그 일은 일어나지 않았지만
일어났어야 할 일이 있다는 것만으로도 우리는 살아갈 수 있는 것 같다
그렇게 생각해

의식을 마치기 위해 나는 조금 더 걸어야 했다
완공되지 않았던 도로 공사장이 있던 곳을 넘어
어떤 길일지 예상되지 않던 곳을 넘어

제설제

없는 자유를 촛불 옆에서 생각하니 달콤하다 했던 사람처럼
없는 것들을 생각하니 든든하다
침침한 형광등 아래 누워
생각 없음에 대해 생각하면 속이 꽉 차는 것 같다

이렇게 또 없는 것들에 기댄다
영영 우리 눈에 비치지 않을 것들이
그럼에도 존재하는 거라고
영혼 없이 생각을 비워 버린다

없는 것들도 형상을 가진다면 좋을 텐데
눈처럼 떨어지고 흔들리다가
녹아내리고 뭉쳐지다가
더는 없는 모든 것들을 기념하는 제단으로 가기
그러면 사라짐도 이해할 수 있을 텐데

눈이 엄청 쏟아진 다음 날 길에 나가면 좋을 텐데
제설제를 저마다 나눠 들고, 가끔 미끄러지며

얼어붙은 길을 걸어가면 좋을 텐데

유니즌

소녀들이 인생을 회의하는 와중에도
어디선가 허밍이 들리고

어디선가 허밍이 들리는 와중에도
소녀들은 인생을 회의해

방과 역에서
골목과 천변에서
복도와 생각 속에서

세상에 없던 멜로디
여기와 저기 동시에 들리고

이제는 한뜻으로 그 새끼 죽이고 싶은 마음뿐
한마음 한뜻

이야기 않기

논밭을 건던 우리: 다 자라 있었다
다 큰 아이들은 그날따라 오래 걸었다
얼어붙은 밤길을 따라 걸어가며
영원히 반복될 듯한 논밭에서 길을 잃는 이야기와
길 잃은 아이들을 지켜 주는 당산목 이야기와
어른들을 따라가다 사라지는 아이들 이야기를 했다 그런데
아이들이 따라다니는 어른들이 바로 우리라는 생각을 하자 무서워졌고
이야기 같은 건 더는 하지 않게 되었다

몇 년 전, 장례식 있었던 무렵쯤

이후의 죽음을 생각할 게 아니라 죽음의 이후를 생각해야 한다고 죽어 버린 사람이 살아서 남긴 그 말을 만져 보는 한낮이었습니다 나는 그 말을 주무르며 뭉쳐도 보고 쥐어뜯어도 보고 피가 돌게도 해 보고 킁킁거리며 냄새를 맡아 보기도 했습니다 유리를 통과한 빛들에서는 대온실의 냄새가 났습니다 산 사람은 죽을 줄을 알고 죽은 사람은 아무것도 모른다고, 당신이 뭘 알겠느냐고 웃어도 보고, 죽음의 이후를 생각해야지 이후의 죽음을 생각할 게 아니라던 그 말을 핥다가 삼켰다가 씹다가 토까지 해 봐도 죽은 사람이 살아서 오지는 않았습니다

—

플라스틱 관에 누워 생각한다.
관에 눕지 않고 재 된 사람을.

유리세계

누군가 유리의 숲이라고 명명한 곳에는 무엇이 있지요? 유리가 있습니다. 숲은 없고 유리가 있습니다. 유리의 숲에 숲은 없고 유리가 있다는 것. 그것이 우리가 흔히 말하는 진실이라는 것입니다. 진실 속에는 무엇이 있지요? 유리가 있습니다. 진실 속에도 유리가 있는 것입니다. 이를 통해 누군가 알 수 있는 것은 무엇일까요? 바로 진실은 깨어진다는 것입니다.

누군가 유리의 숲이라고 명명한 곳에는 그것들이 있습니다. 있는 것들이 모여 없는 것들이 되는 사이를 잘 살펴 주십시오. 누군가 검은 눈동자로 잘 살펴보면 그 존재의 간격이 바로 광선들의 통로라는 것을 알 수 있을 것입니다. 깨진 유리를 유리라고 부를 수 있습니까? 깨진 진실을 진실이라고 부를 수 있습니까?

진실은 깨진 유리이고 광선은 깨진 유리를 관통합니다. 없는 것들의 존재 가능성이야말로 광선이라는 것을 우리는 광선을 통해 받아들일 수 있습니다. 그것이 우리가 흔히 말하는 비전이라는 것입니다. 누군가 유리의 숲이라고 명명한 곳으로 삼릉경을 들고 걸어옵니다. 그 굴곡을 투과한 광선이 보여 주는 풍경은 유리 도시입니다. 산산조각 난 도시를 비추는 빛보라의 냉정함을 진실의 폭로라고 부를 수 있습니다.

그러나 조금만 더 들어 주십시오. 광선은 우리가 살아가는 데 있어 필요한 것입니다. 광선은 우리의 어깨를 비추고, 치아를 드러내고, 병든 민낯을 밝힙니다. 우리는 매분 매초 빛의 각도가 달라지는 순간마다 새롭게 죽어 가고 있다고 느끼고 있습니다. 느낌이란 깨달음이며 깨달음이란 죽음에 한 뼘쯤 더 가까워지는 일입니다. 여기서 죽음은 삶의 진실일까요? 누군가 죽음을 경험한다면 알 수 있을 것입니다. 그러나 그것은 깨어진 것이라서 그것은 경험될 수 없고 불완전하게, 미지의 예감으로만 쏟아질 뿐입니다.

느낌 앞에서 우리는 좌절합니다.
느낌 앞에서 우리는 새로워집니다.
죽음은 우리를 외롭게 하고
죽음이 우리를 강하게 합니다.

부서진 유리 조각들처럼 연대하십시오.

누군가 유리의 숲이라고 명명한 곳에는 고발의 흔적들로 눈부십니다. 눈을 뜰 수 없겠지만, 부디 눈 떠 주십시오. 눈멀 것 같겠지만, 보이는 것이라곤 숲이 아닌 깨어진 유리 조각들뿐이겠지만. 부디 눈 떠 주십시오. 깨어진 세상에 진실이 하나 있다면 깨어진 진실이라도 반드시 무언가를 비춘다는 것입니다. 생존하고 있는 우리 속에 광선이 있기 때문입니다.

비전 속에서 당신이 본 것들을 믿지 마십시오. 숲의 여기저기에서 맥락 없이 출몰하는 개들이 바로 당신의 거울이라고.

빛의 모험

우리가 우리를 죽게 하는 것들과 멀어질 때, 가령
일 끝내고 돌아오는 아침에

잠들며
우리는 모든 게 시작되는 것 같다 느끼지요
이상한 기분에 사로잡힌 채

햇살 속으로 들어가는 사람과
속으로 빠져나오는 사람이
잠시 교환하는 눈빛 속에서 영원해질 때

걸어가면서
아직도 살아 있어야 할 이유 따위는 없다 느낄 때

우리는 조금 더 자라나고 조금 더 슬픔 모르게 되고

커튼의 무늬 헤아리며
없을 혁명을 연습했죠
아침에 스친 사람을 생각했고요

구원이 끝나는 밤

구원이 끝나는 밤 너는 짐을 싼다 구원이 끝나는 밤 등산객들이 돌아다닌다 구원이 끝나는 밤 모든 십자가의 네온사인이 꺼진다 구원이 끝나는 밤 세상은 망한 놀이공원 같고 구원이 끝나는 밤 기관사를 꿈꾸던 아이가 잠들고 구원이 끝나는 밤 승객 없는 열차는 무정차로 역을 통과한다 구원이 끝나는 밤 너는 고백하려던 사람이 구원받은 걸 알게 되고 구원이 끝나는 밤 너는 울면서 비빔밥을 비벼 먹는다 구원이 끝나는 밤 구원받지 못한 사람들은 광장에 모여 체조한다 구원이 끝나는 밤 학자들은 구원의 기준을 두고 토론하다 관두고 한잔한다 구원이 끝나는 밤 너는 구원받은 너의 가족들을 생각한다 구원이 끝나는 밤 신자들은 무사한 공중을 마주한다 구원이 끝나는 밤에

화물 트럭은 운송을 멈추고 구원이 끝나는 밤에 시간관념이 사라지고 구원이 끝나는 밤에 기도는 언어를 버리고 구원이 끝나는 밤에 구원이 끝난 줄 모른 채 잠자던 사람이 눈뜨고 구원이 끝나는 밤에 구원받지 못한 이들은 희망의 의미를 알게 되고 구원이 끝나는 밤에 불구의 문장을 쓰던 노인은 펜을 꺾으려다 말고 마지막 문장을 쓰게 되고

구원이 끝나는 밤에 모든 도서관들은 완벽해지고 구원이
끝나는 밤에

　눈이 내린다

　사람들은 구원이 끝나는

밤의 설산을 오른다　세상이 다 파묻힐 때까지

　　사무여한,　사무여한

　　눈은 내린다 구원이 끝나는 밤에

　　　우리는 눈 덮인 하얀 개 한 마리를

　본다

들

들이 있다. 빈 들. 너른 들. 무한히 넓지는 않지만 우리의 생각을 담아낼 만큼은 너른 들. 충분한 들. 충만한 들. 우리가 타인처럼 평범해질 수 있었던 들. 그러나 생각하는 꽃나무는 없는 들. 걸어 다니는 꽃나무도 없는 들.

빈 들. 있으리라 생각되지 않지만 분명히 있는. 자라는 것 없으리라 생각되지만 그렇지 않은.

인챈트

내가 잠시 살았던 집에서
내가 걸어 나왔다

어제를 잊었듯이
많은 눈이 쏟아졌다

눈과 재

흑백에 젖으며 예배당 문 열자
흔들리는 촛불이 보였다

죄인 하나가 울고 있었다
울고 있어 죄인이었다

긴 울음소리를 다 듣고서야 돌아섰다

살면서 배운 것들은 잊으려 노력했다
다 잊었다
그런데도 잊히지 않는 것들이 있었다

그런 건 누가 가르쳐 준 걸까 누가 가르쳐 준 건 아닌데
이상하다고 생각했다
느리게 쏟아지는 붉은빛과
푸른빛
이름 없는 많은 색에 물들며

스테인드글라스 밖에서 여름이 발생했고
오르간 소리가 오래 들렸다

찬송이 끝나도 끝날 줄 모르던 오르간 소리

학예사

이런 영혼이 있었다, 이런 영혼이 있다, 그는 이런 영혼이었다 말하자면, 그는 영혼이 없었다, 복도를 따라 울리는 목소리를 들으며 너는 복도를 따라 돌아다닌다, 청자를 잃은 소리처럼, 방향이 없는 아이처럼, 박물관에는 아무도 없다

어떤 것도 참고할 만했다, 파편 하나도 하찮은 게 없었다, 이것은 역사상 존재한 적이 없었던 자의 뼈다, 이것은 그의 그릇이며 이것은 그가 마시게 될 물이다, 유리 관 속에 제시된 만물의 세계를 보기 위해 너는 쉬지 않고 돌아다닌다

영혼을 말하는 사람이 있었다, 영혼을 말하지 않는 사람이 있다, 그 사이에 말은 주인 없이 오래 떠 있었다, 잠이 덜 깬 유령처럼 복도를 울게 하는

모닥불의 꿈

만듦을 그치자 존재들이 형상을 입게 되었다. 만듦의 중지가 만듦이었다.

일요일이라 모닥불 피어올랐다. 모닥불 주변이라 모두 모여들었다.

불 옆이라 이야기 될 것들 흘러나왔다. 흑암: 이야기 될 것들의 시작이었다.

모두 계속되었다. 모두 끝날 것처럼.

우리의 몸보다 우리의 혼이 먼저 죽는다는 것을 알았다.

우리의 시체: 우리보다 오래 남아 우리들의 꿈을 꾸고 있다. 우리의 뼛조각 골수 추깃물로 만들어진 세계 위에서. 우리: 파묻힌 뼛조각들의 꿈.

만들기를 그친 신은 이제 잠을 잔다. 아무도 깨울 수 없는 잠을.

—

잉걸불의 기억
우리들의 몸이 찢어져 장작더미가 되는

역행시

별들이 머리칼 속에서 숨바꼭질을 한다 혜성들처럼

너는 차가운 강물에 머리를 씻는다
물고기들이 머리칼 속에서 숨바꼭질을 한다

그것들이 별을 삼키고 이제 영원히 어둠.

■ 추천의 글 ■

송승언이 바라보는 세계는 주체의 손길이 거세된 채 자체의 무한동력으로 회전하는 초기계 시스템이다. 이러한 세계에서 언어를 통해 현실을 구축하려는 모든 시도는 실패로 귀결될 뿐이다. 송승언의 시는 이 실패의 지점을 응시하며 조작된 시스템의 공백을 관통하고자 한다. 의미의 황무지로 변해 버린 현실을 내파하려는 시적 의지는 금속성의 목소리에 내장된 시인의 열망을 환기한다. 그가 낯선 언어로 '영혼'이라는 단어를 발화할 때, 독자들은 이 창백한 현실의 너머를 지향하는 시인의 내밀한 열망과 마주하게 된다. 송승언은 조작(操作)의 세계에 한쪽 얼굴을 담근 전도된 낭만주의자이며, 그의 시는 환멸로 가득 찬 조작(造作)의 현실에 던지는 역설적 비가이다.

— 이기성(시인)

죽은 영혼으로 가득한 유리의 숲을 상상해 보라. 없는 것을 비추는 텅 빈 유리의 숲을 그려 보라. 그것의 이미지를 상상하는 일은 불가능하지만, 이 시집을 읽은 우리는 분명하게 그것을 그려 낼 수 있다. 시는 부정의 양식이라지만, 이 시집이 만드는 부정의 세계는 그 가운데서도 귀한 것이다. 부정이 부정을 거듭하고 번복하며 결국은 세계의 부정마저 취소해 버리는 이 창백한 가능성의 공터가 놀랍다. 이 시집은 아무것도 망설이거나 유보하지 않는다. 그저 죽은 것은 죽었다고, 없는 것은 없다고 말한다. 그 정직함을 통해 부재 이후의 지평이 가까스로 발견된다. 그 정직함은 부러 아름다움을 만들지 않고, 억지로 대상을 붙잡으려 하지도 않는다. 그렇기에 이 시집이 내게는 더없이 아름답게 느껴진다.

— 황인찬(시인)

지은이 송승언
1986년 강원도 원주 출생.
2011년 《현대문학》 신인 추천으로 등단했다.
시집 『철과 오크』가 있다. 박인환문학상을 수상했다. '작란(作亂)' 동인.

사랑과 교육

1판 1쇄 펴냄 2019년 9월 23일
1판 5쇄 펴냄 2023년 10월 6일

지은이 송승언
발행인 박근섭, 박상준
펴낸곳 (주)민음사

출판등록 1966. 5.19. (제16-490호)
서울특별시 강남구 도산대로1길 62(신사동)
강남출판문화센터 5층 (06027)
대표전화 02-515-2000 / 팩시밀리 02-515-2007
www.minumsa.com

ISBN 978-89-374-0880-9 04810
978-89-374-0802-1 (세트)

* 잘못 만들어진 책은 구입처에서 교환해 드립니다.

민음의 시
목록

001 **전원시편** 고은
002 **멀리 뛰기** 신진
003 **춤꾼 이야기** 이윤택
004 **토마토 씨앗을 심은 후부터** 백미혜
005 **징조** 안수환
006 **반성** 김영승
007 **햄버거에 대한 명상** 장정일
008 **진흙소를 타고** 최승호
009 **보이지 않는 것의 그림자** 박이문
010 **강** 구광본
011 **아내의 잠** 박경석
012 **새벽편지** 정호승
013 **매장시편** 임동확
014 **새를 기다리며** 김수복
015 **내 젖은 구두 벗어 해에게 보여줄 때** 이문재
016 **길안에서의 택시잡기** 장정일
017 **우수의 이불을 덮고** 이기철
018 **느리고 무겁게 그리고 우울하게** 김영태
019 **아침책상** 최동호
020 **안개와 불** 하재봉
021 **누가 두꺼비집을 내려놨나** 장경린
022 **흙은 사각형의 기억을 갖고 있다** 송찬호
023 **물 위를 걷는 자, 물 밑을 걷는 자** 주창윤
024 **땅의 뿌리 그 깊은 속** 배진성
025 **잘 가라 내 청춘** 이상희
026 **장마는 아이들을 눈뜨게 하고** 정화진
027 **불란서 영화처럼** 전연옥
028 **얼굴 없는 사람과의 약속** 정한용
029 **깊은 곳에 그물을** 남진우
030 **지금 남은 자들의 골짜기엔** 고진하
031 **살아 있는 날들의 비망록** 임동확
032 **검은 소에 관한 기억** 채성병
033 **산정묘지** 조정권
034 **신은 망했다** 이갑수
035 **꽃은 푸른 빛을 피하고** 박재삼
036 **침엽수림에서** 엄원태
037 **숨은 사내** 박기영
038 **땅은 주검을 호락호락 받아 주지 않는다** 조은
039 **낯선 길에 묻다** 성석제
040 **404호** 김혜수
041 **이 강산 녹음 방초** 박종해
042 **뿔** 문인수
043 **두 힘이 숲을 설레게 한다** 손진은
044 **황금 연못** 장옥관
045 **밤에 용서라는 말을 들었다** 이진명
046 **홀로 등불을 상처 위에 켜다** 윤후명
047 **고래는 명상가** 김영태
048 **당나귀의 꿈** 권대웅
049 **까마귀** 김재석
050 **늙은 퇴폐** 이승욱
051 **색동 단풍숲을 노래하라** 김영무
052 **산책시편** 이문재
053 **입국** 사이토우 마리코
054 **저녁의 첼로** 최계선
055 **6은 나무 7은 돌고래** 박상순
056 **세상의 모든 저녁** 유하
057 **산화가** 노혜봉
058 **여우를 살리기 위해** 이학성
059 **현대적** 이갑수
060 **황천반점** 윤제림
061 **몸나무의 추억** 박진형
062 **푸른 비상구** 이희중
063 **님시편** 하종오
064 **비밀을 사랑한 이유** 정은숙
065 **고요한 동백을 품은 바다가 있다** 정화진
066 **내 귓속의 장대나무 숲** 최정례
067 **바퀴소리를 듣는다** 장옥관
068 **참 이상한 상형문자** 이승욱
069 **열하를 향하여** 이기철
070 **발전소** 하재봉
071 **화염길** 박찬
072 **딱따구리는 어디에 숨어 있는가** 최동호
073 **서랍 속의 여자** 박지영
074 **가끔 중세를 꿈꾼다** 전대호
075 **로큰롤 헤븐** 김태형
076 **에로스의 반지** 백미혜
077 **남자를 위하여** 문정희
078 **그가 내 얼굴을 만지네** 송재학
079 **검은 암소의 천국** 성석제
080 **그곳이 멀지 않다** 나희덕
081 **고요한 입술** 송종규
082 **오래 비어 있는 길** 전동균

083 **미리 이별을 노래하다** 차창룡
084 **불안하다, 서 있는 것들** 박용재
085 **성찰** 전대호
086 **삼류 극장에서의 한때** 배용제
087 **정동진역** 김영남
088 **벼락무늬** 이상희
089 **오전 10시에 배달되는 햇살** 원희석
090 **나만의 것** 정은숙
091 **그로테스크** 최승호
092 **나나 이야기** 정한용
093 **지금 어디에 계십니까** 백주은
094 **지도에 없는 섬 하나를 안다** 임영조
095 **말라죽은 앵두나무 아래 잠자는 저 여자** 김언희
096 **흰 책** 정끝별
097 **늦게 온 소포** 고두현
098 **내가 만난 사람은 모두 아름다웠다** 이기철
099 **빗자루를 타고 달리는 웃음** 김승희
100 **얼음수도원** 고진하
101 **그날 말이 돌아오지 않는다** 김경후
102 **오라, 거짓 사랑아** 문정희
103 **붉은 담장의 커브** 이수명
104 **내 청춘의 격렬비열도엔 아직도 음악 같은 눈이 내리지** 박정대
105 **제비꽃 여인숙** 이정록
106 **아담, 다른 얼굴** 조원규
107 **노을의 집** 배문성
108 **공놀이하는 달마** 최동호
109 **인생** 이승훈
110 **내 졸음에도 사랑은 떠도느냐** 정철훈
111 **내 잠 속의 모래산** 이장욱
112 **별의 집** 백미혜
113 **나는 푸른 트럭을 탔다** 박찬일
114 **사람은 사랑한 만큼 산다** 박용재
115 **사랑은 야채 같은 것** 성미정
116 **어머니가 촛불로 밥을 지으신다** 정재학
117 **나는 걷는다 물먹은 대지 위를** 원재길
118 **질 나쁜 연애** 문혜진
119 **양귀비꽃 머리에 꽂고** 문정희
120 **해질녘에 아픈 사람** 신현림
121 **Love Adagio** 박상순
122 **오래 말하는 사이** 신달자
123 **하늘이 담긴 손** 김영래
124 **가장 따뜻한 책** 이기철
125 **뜻밖의 대답** 김언희
126 **삼천갑자 복사빛** 정끝별
127 **나는 정말 아주 다르다** 이만식
128 **시간의 쪽배** 오세영
129 **간결한 배치** 신해욱
130 **수탉** 고진하
131 **빛들의 피곤이 밤을 끌어당긴다** 김소연
132 **칸트의 동물원** 이근화
133 **아침 산책** 박이문
134 **인디오 여인** 곽효환
135 **모자나무** 박찬일
136 **녹슨 방** 송종규
137 **바다로 가득 찬 책** 강기원
138 **아버지의 도장** 김재혁
139 **4월아, 미안하다** 심언주
140 **공중 묘지** 성윤석
141 **그 얼굴에 입술을 대다** 권혁웅
142 **열애** 신달자
143 **길에서 만난 나무늘보** 김민
144 **검은 표범 여인** 문혜진
145 **여왕코끼리의 힘** 조명
146 **광대 소녀의 거꾸로 도는 지구** 정재학
147 **슬픈 갈릴레이의 마을** 정채원
148 **습관성 겨울** 장승리
149 **나쁜 소년이 서 있다** 허연
150 **앨리스네 집** 황성희
151 **스윙** 여태천
152 **호텔 타셀의 돼지들** 오은
153 **아주 붉은 현기증** 천수호
154 **침대를 타고 달렸어** 신현림
155 **소설을 쓰자** 김언
156 **달의 아가미** 김두안
157 **우주전쟁 중에 첫사랑** 서동욱
158 **시소의 감정** 김지녀
159 **오페라 미용실** 윤석정
160 **시차의 눈을 달랜다** 김경주
161 **몽해항로** 장석주
162 **은하가 은하를 관통하는 밤** 강기원
163 **마계** 윤의섭
164 **벼랑 위의 사랑** 차창룡
165 **언니에게** 이영주
166 **소년 파르티잔 행동 지침** 서효인
167 **조용한 회화 가족 No. 1** 조민
168 **다산의 처녀** 문정희

169 **타인의 의미** 김행숙
170 **귀 없는 토끼에 관한 소수 의견** 김성대
171 **고요로의 초대** 조정권
172 **애초의 당신** 김요일
173 **가벼운 마음의 소유자들** 유형진
174 **종이** 신달자
175 **명왕성 되다** 이재훈
176 **유령들** 정한용
177 **파묻힌 얼굴** 오정국
178 **키키** 김산
179 **백 년 동안의 세계대전** 서효인
180 **나무, 나의 모국어** 이기철
181 **밤의 분명한 사실들** 진수미
182 **사과 사이사이 새** 최문자
183 **애인** 이응준
184 **애들아, 모든 이름을 사랑해** 김경인
185 **마른하늘에서 치는 박수 소리** 오세영
186 **ㄹ** 성기완
187 **모조 숲** 이민하
188 **침묵의 푸른 이랑** 이태수
189 **구관조 씻기기** 황인찬
190 **구두코** 조혜은
191 **저렇게 오렌지는 익어 가고** 여태천
192 **이 집에서 슬픔은 안 된다** 김상혁
193 **입술의 문자** 한세정
194 **박카스 만세** 박강
195 **나는 나와 어울리지 않는다** 박판식
196 **딴생각** 김재혁
197 **4를 지키려는 노력** 황성희
198 **.zip** 송기영
199 **절반의 침묵** 박은율
200 **양파 공동체** 손미
201 **온몸으로 밀고 나가는 것이다** 서동욱·김행숙 엮음
202 **암흑향 暗黑鄕** 조연호
203 **살 흐르다** 신달자
204 **6** 성동혁
205 **응** 문정희
206 **모스크바예술극장의 기립 박수** 기혁
207 **기차는 꽃그늘에 주저앉아** 김명인
208 **백 리를 기다리는 말** 박해람
209 **묵시록** 윤의섭
210 **비는 염소를 몰고 올 수 있을까** 심언주
211 **힐베르트 고양이 제로** 함기석
212 **결코 안녕인 세계** 주영중
213 **공중을 들어 올리는 하나의 방식** 송종규
214 **희지의 세계** 황인찬
215 **달의 뒷면을 보다** 고두현
216 **온갖 것들의 낮** 유계영
217 **지중해의 피** 강기원
218 **일요일과 나쁜 날씨** 장석주
219 **세상의 모든 최대화** 황유원
220 **몇 명의 내가 있는 액자 하나** 여정
221 **어느 누구의 모든 동생** 서윤후
222 **백치의 산수** 강정
223 **곡면의 힘** 서동욱
224 **나의 다른 이름들** 조용미
225 **벌레 신화** 이재훈
226 **빛이 아닌 결론을 찢는** 안미린
227 **북촌** 신달자
228 **감은 눈이 내 얼굴을** 안태운
229 **눈먼 자의 동쪽** 오정국
230 **혜성의 냄새** 문혜진
231 **파도의 새로운 양상** 김미령
232 **흰 글씨로 쓰는 것** 김준현
233 **내가 훔친 기적** 강지혜
234 **흰 꽃 만지는 시간** 이기철
235 **북양항로** 오세영
236 **구멍만 남은 도넛** 조민
237 **반지하 앨리스** 신현림
238 **나는 벽에 붙어 잤다** 최지인
239 **표류하는 흑발** 김이듬
240 **탐험과 소년과 계절의 서** 안웅선
241 **소리 책력 冊曆** 김정환
242 **책기둥** 문보영
243 **황홀** 허형만
244 **조이와의 키스** 배수연
245 **작가의 사랑** 문정희
246 **정원사를 바로 아세요** 정지우
247 **사람은 모두 울고 난 얼굴** 이상협
248 **내가 사랑하는 나의 새 인간** 김복희
249 **로라와 로라** 심지아
250 **타이피스트** 김이강
251 **목화, 어두운 마음의 깊이** 이응준
252 **백야의 소문으로 영원히** 양안다
253 **캣콜링** 이소호
254 **60조각의 비가** 이선영
255 **우리가 훔친 것들이 만발한다** 최문자

256 **사람을 사랑해도 될까** 손미
257 **사과 얼마예요** 조정인
258 **눈 속의 구조대** 장정일
259 **아무는 밤** 김안
260 **사랑과 교육** 송승언
261 **밤이 계속될 거야** 신동옥
262 **간절함** 신달자
263 **양방향** 김유림
264 **어디서부터 오는 비인가요** 윤의섭
265 **나를 참으면 다만 내가 되는 걸까** 김성대
266 **이해할 차례이다** 권박
267 **7초간의 포옹** 신현림
268 **밤과 꿈의 뉘앙스** 박은정
269 **디자인하우스 센텐스** 함기석
270 **진짜 같은 마음** 이서하
271 **숲의 소실점을 향해** 양안다
272 **아가씨와 빵** 심민아
273 **한 사람의 불확실** 오은경
274 **우리의 초능력은 우는 일이 전부라고 생각해** 윤종욱
275 **작가의 탄생** 유진목
276 **방금 기이한 새소리를 들었다** 김지녀
277 **감히 슬프지 않을 수 있겠습니까?** 여태천
278 **내 몸을 입으시겠어요?** 조명
279 **그 웃음을 나도 좋아해** 이기리
280 **중세를 적다** 홍일표
281 **우리가 동시에 여기 있다는 소문** 김미령
282 **써칭 포 캔디맨** 송기영
283 **재와 사랑의 미래** 김연덕
284 **완벽한 개업 축하 시** 강보원
285 **백지에게** 김언
286 **재의 얼굴로 지나가다** 오정국
287 **커다란 하양으로** 강정
288 **여름 상설 공연** 박은지
289 **좋아하는 것들을 죽여 가면서** 임정민
290 **줄무늬 비닐 커튼** 채호기
291 **영원 아래서 잠시** 이기철
292 **다만 보라를 듣다** 강기원
293 **라흐 뒤 프루콩 드 네주 말하자면 눈송이의 예술** 박정대
294 **나랑 하고 시픈게 뭐에여?** 최재원
295 **해바라기밭의 리토르넬로** 최문자
296 **꿈을 꾸지 않기로 했고 그렇게 되었다** 권민경
297 **이건 우리만의 비밀이지?** 강지혜
298 **몸과 마음을 산뜻하게** 정재율
299 **오늘은 좀 추운 사랑도 좋아** 문정희
300 **눈 내리는 체육관** 조혜은
301 **가벼운 선물** 조해주
302 **자막과 입을 맞추는 영혼** 김준현
303 **당신은 오늘도 커다랗게 입을 찢으며 웃고 있습니까** 신성희
304 **소공포** 배시은
305 **월드** 김종연
306 **돌을 쥐려는 사람에게** 김석영
307 **빛의 체인** 전수오
308 **당신의 세계는 아직도 바다와 빗소리와 작약을 취급하는지** 김경미
309 **검은 머리 짐승 사전** 신이인
310 **세컨드핸드** 조용우
311 **전쟁과 평화가 있는 내 부엌** 신달자
312 **조금 전의 심장** 홍일표
313 **여름 가고 여름** 채인숙
314 **다들 모였다고 하지만 내가 없잖아** 허주영
315 **조금 진전 있음** 이서하
316 **장송행진곡** 김현
317 **얼룩말 상자** 배진우